Sopa de Cactus

WITHDRAWN

DE ERIC A. KIMMEL
ILUSTRACIONES DE PHIL HULING

Marshall Cavendish Children

Reservados todos los derechos
Marshall Cavendish Corporation, 99 White Plains Road, Tarrytown, New York 10591
www.marshallcavendish.us

Library of Congress Cataloging-in-Publication Data
Kimmel, Eric A.
|Cactus soup. Spanish|
Sopa de cactus / de Eric A. Kimmel ; ilustraciones de Phil Huling. — 1. ed. de Marshall Cavendish en español.
p. cm.
Summary: During the Mexican Revolution, when a troop of hungry soldiers comes to a town where all the food has been hidden,
they charm the townspeople into helping make a soup from water and a cactus thorn.
ISBN-13: 978-0-7614-5344-4
|1. Folklore—France. 2. Spanish language materials.| I. Huling, Phil, ill. II. Title.
PZ74.1.K48 2007
398.2—dc22
|E|
2006013117

El texto de este libro está compuesto en Novarese Medium.

Las ilustraciones están realizadas en acuarela y tinta sobre papel acuarela.

Impreso en Malaysia

Primera edición de Marshall Cavendish en español

1 3 5 6 4 2

Marshall Cavendish
Children

Para Anna Cruz, Gloria Montalvo y los

niños de San Benito (Texas).

—E. A. K.

Para Santiago, Ethel, Diego e Isabel,

y para Juanita, su ángel de la sopa.

—P. H.

UN DÍA,
una compañía de soldados
a caballo llegó al pueblo
de San Miguel.

Nadie se alegró al verlos. "Los soldados son todos iguales, sin importar en qué bando peleen," rezongó el alcalde. "Comen como lobos. ¡Cuando pasen por aquí, no va a quedar ni una tortilla!"

"¿Qué podemos hacer?" preguntaron los habitantes.

"Haremos lo que hacemos siempre," dijo el alcalde. "Esconderemos nuestros alimentos y diremos a los soldados que no tenemos nada para darles. Se irán cuando vean que no les vamos a dar de comer."

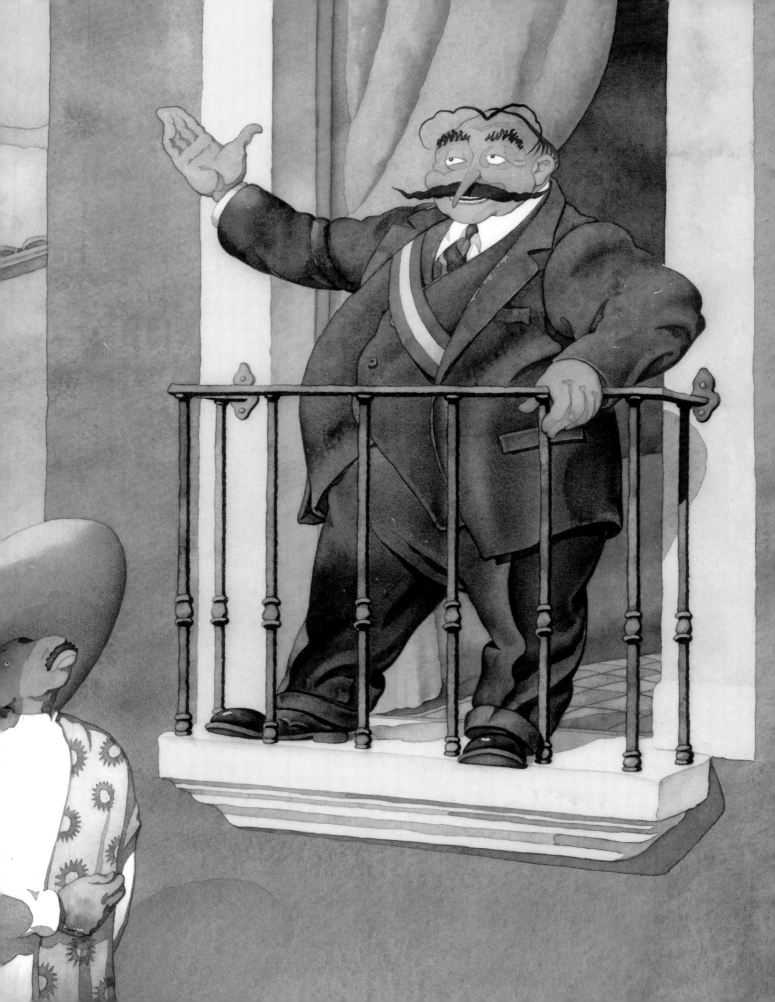

Todo San Miguel se puso a trabajar. Los habitantes escondieron sacos de frijoles y de harina de maíz en los jardines y bajaron canastos con tortillas y tamales al fondo del viejo aljibe de piedra. Algunos escondieron gallinas debajo de las camas y patos y gansos en las bañeras. Otros subieron cerdos a los tejados mientras sus vecinos arrearon vacas y ovejas hacia los sótanos. Los niños colgaron ristras de chiles de las copas de los árboles, donde nadie pudiera verlas.

Una vez que todo estuvo hecho, los vecinos se vistieron con ropa rasgada y sucia, se untaron la cara con barro e hicieron todo lo posible por parecer personas pobres y hambrientas.

Los soldados llegaron al pueblo cabalgando sobre caballos saltarines. Usaban sombreros amplios, con bandoleras de cuero que les cruzaban el pecho. El capitán saludó al alcalde y a los vecinos.

"Señor Alcalde, mis compañeros y yo llevamos cabalgando todo el día. Estamos cansados y hambrientos. ¿Pueden darnos algunos frijoles y tortillas? Les estaremos muy agradecidos."

El alcalde frunció el ceño. "Lo lamento, Señor Capitán. Como puede ver, nuestro pueblo es muy pobre. El otro día pasaron por aquí otros soldados. Se comieron los pocos frijoles y tortillas que teníamos. Ahora no tenemos nada. Ni siquiera hay suficiente para los pequeños."

Los padres codearon ligeramente a sus hijos, que empezaron a llorar amargamente, tal como habían practicado.

"Qué lástima," dijo el capitán. "¿Lo oyeron, amigos? En este pueblo no hay nada que comer. Parece que vamos a tener que hacer sopa de cactus."

"¡Ay, no!" gritaron los soldados. "¡Sopa de cactus otra vez!"

"Dejen de lamentarse," dijo el capitán. "La sopa de cactus es mejor que ninguna sopa."

Los niños dejaron de llorar. Todos los que estaban en la plaza se inclinaron para escuchar la pregunta del alcalde, "¿Qué es la sopa de cactus?"

"Ya lo verá," dijo el capitán. "Prepararé suficiente para mis soldados y para todos los habitantes del pueblo. Sin embargo, voy a necesitar ayuda. ¿Pueden traerme una olla con agua, una cuchara para revolver, bastante leña y una espina de cactus? Tenemos que alimentar a muchas personas, así que tráiganme la espina más grande que puedan encontrar."

El alcalde ordenó a todos que ayudaran. Pronto hubo en la plaza una olla con agua hirviendo. Por todo el pueblo crecían cactus. Los niños no tuvieron dificultad para encontrar una espina enorme, tan larga y tan aguda como una aguja.

"¡Con esta espina prepararemos mucha sopa!" exclamó el capitán. La echó en la olla y empezó a revolver.

"¿Cómo se puede preparar sopa con una espina de cactus?" preguntó el sacerdote.

"Observe con atención. Tal vez aprendamos algo," susurró el alcalde.

El pueblo de San Miguel miraba mientras el capitán revolvía. Y revolvía. Y revolvía. Levantó la cuchara, la sopló, la dejó enfriar y la probó.

"No está mal," dijo, mientras seguía revolviendo. "Siempre pienso que una o dos pizcas de sal mejoran el sabor. Pero no se preocupen. Yo sé que ustedes son pobres. ¿Para qué pedirles lo que no tienen?"

"Tenemos sal," dijo el alcalde. "Somos pobres, pero no tanto."

"Y también pimienta," agregó el secretario del ayuntamiento. "¿La sopa de cactus sabe bien con chiles?"

"¡Con chiles, la sopa de cactus queda extraordinaria!" exclamaron los soldados.

Los habitantes se tropezaron unos con otros mientras corrían a sus casas para traer sal. Los niños treparon a los árboles para bajar las ristras de chiles. El capitán añadió la sal y los chiles a la sopa y siguió revolviendo. La probó otra vez.

"Está mejorando," declaró. "Qué lástima que no tengan cebollas. La sopa de cactus siempre sabe mejor con cebollas. Pero, ¿para qué pedirles lo que no tienen?"

"Yo sé dónde puedo encontrar algunas cebollas," dijo el sacerdote.

"¿Qué les parece usar ajo?" preguntó el sacristán.

"El ajo hace que la sopa sea excelente," respondió el capitán. El sacerdote y el sacristán corrieron hacia la iglesia. Volvieron poco después con un saco de cebollas y varias cabezas de ajo. El capitán picó las verduras y las echó en la olla.

"¡Huelan esa sopa!" exclamó mientras seguía revolviendo.

Los habitantes de San Miguel olfatearon el aire. "¡Una sopa que huele tan bien debe saber maravillosamente!" gritaron los miembros del ayuntamiento.

"Si sólo tuviéramos algunos frijoles. Y zanahorias. Y tomates. Y, tal vez, hasta una gallina gorda para estofar. Entonces, nuestra sopa realmente tendría sabor," dijo el capitán. "Pero, así está bien. ¿Para qué pedirles lo que no tienen?"

Los vecinos se hicieron un guiño. "Vengan con nosotros," dijeron a los soldados. Volvieron poco después cargando sacos con frijoles, atados de zanahorias, canastas con tomates y varias gallinas gordas para estofar.

"Las gallinas eran viejas," dijo el alcalde. "No hubieran vivido mucho más tiempo."

"Los tomates se habían echado a perder," dijo el barbero.

"Los frijoles estaban podridos," dijo el maestro.

"Las zanahorias estaban enmohecidas," dijo el zapatero.

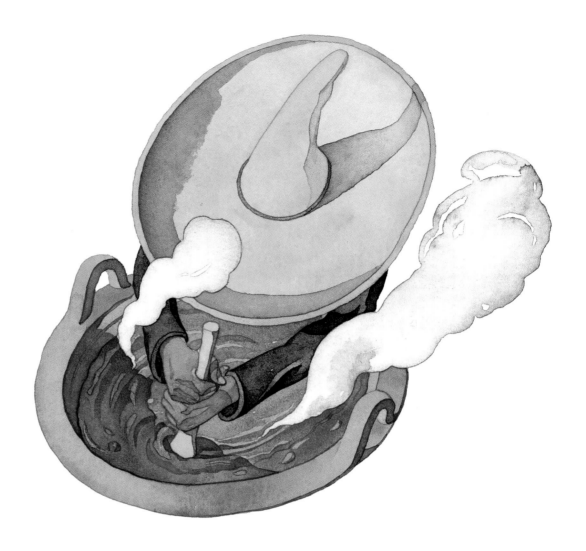

"No se preocupen," dijo el capitán, mientras agregaba los ingredientes y seguía revolviendo la espesa y rica sopa. "Eso es lo mejor de la sopa de cactus. Todo lo que agreguen hace que sepa bien. ¡Mmmm! Me parece que ahora está lista. ¿Quién quiere un poco?"

"¡Yo!" Todos formaron una fila en la plaza, cuencos en mano. El capitán sirvió la sopa.

"¡Es la mejor sopa que haya comido jamás!" dijo el alcalde.

"¡Nunca probé nada así!" dijo su esposa.

"¡Y pensar que se hizo con una espina de cactus!" exclamó el sacerdote.

"¡No está mal!" dijo el capitán. "Sin embargo, creo que la sopa de cactus siempre sabe mejor cuando se tiene algo para acompañarla."

"¿Cómo qué?" preguntaron todos.

"¡Tortillas! ¡Tamales! ¡Batatas! ¡Un cerdo para asar!" gritaron los soldados.

"Con eso tendríamos una verdadera fiesta," dijo el capitán. "Y también algo de música para bailar más tarde. Sin embargo, yo sé que ustedes son pobres. ¿Para qué pedirles lo que no tienen?"

"Esperen aquí," dijo el alcalde a los soldados. Susurró órdenes a todos los del pueblo. Todos corrieron a sus casas . . . y volvieron con tortillas, tamales, chorizos, camotes y varios cerdos gordos para asar.

¡Qué festín hicieron! A medida que transcurría la noche, los soldados y los vecinos comieron hasta que no pudieron probar otro bocado. Luego trajeron acordeones y guitarras para cantar y bailar.

La fiesta duró hasta el alba. En el pueblo, nadie podía recordar nada parecido.

Por la mañana, los soldados se fueron cabalgando. Los habitantes de San Miguel se reunieron en la plaza para despedirlos.

"¿Qué haremos si vienen más soldados?" preguntaron al alcalde cuando el último soldado desapareció a lo dejos.

"Dejemos que vengan; cuantos más sean, mejor," respondió el alcalde. "Alimentar a los soldados no es molestia. Podemos alimentar a un ejército entero y tener una fiesta todas las noches, mientras recordemos cómo preparar . . .

¡Sopa de cactus!

Pancho Villa

Emiliano Zapata

Nota del autor

El relato de la "Sopa de piedra" o la "Sopa de uña" aparece en todas las culturas del mundo. Elegí situar esta versión durante la época de la Revolución Mexicana, que duró desde 1910 hasta 1922. Bajo el mando de líderes como Pancho Villa y Emiliano Zapata, el pueblo de México luchó por recobrar el poder político y económico que las clases acomodadas y los intereses comerciales extranjeros tenían en la mayor parte de país.

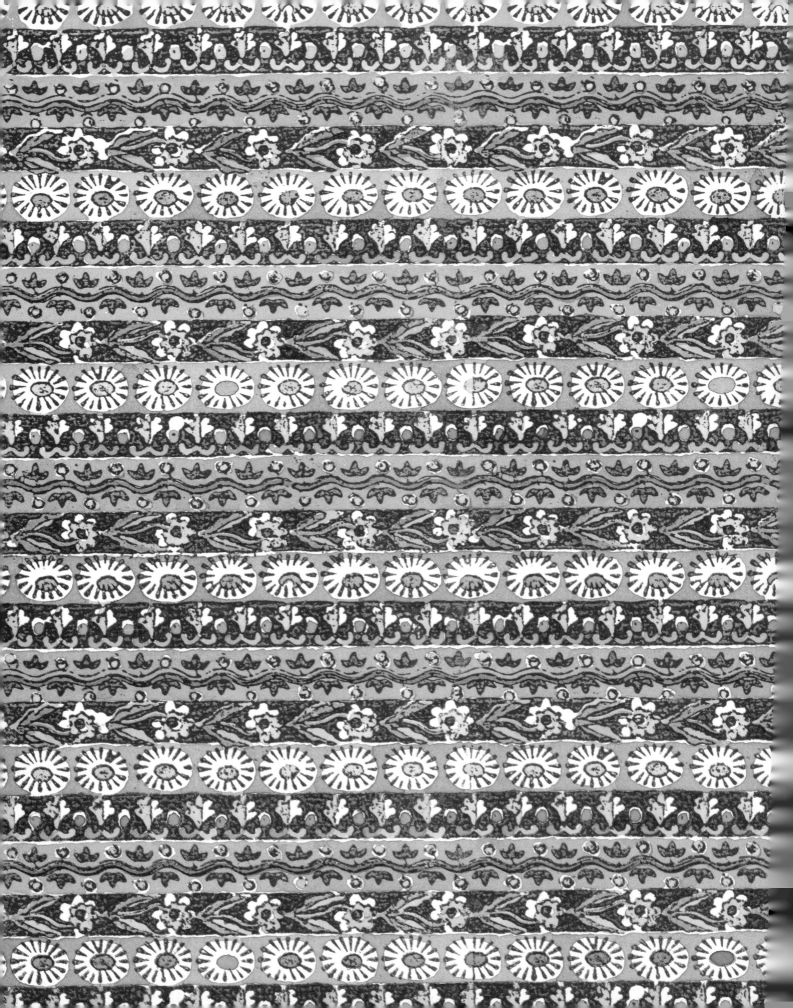